VENTE

DU

Jeudi 12 Mars 1908

Hôtel Drouot, Salle n° 7

Bibliothèque de Mr Joseph S.......

Beaux Livres Modernes

Reliures d'Art

Album des Reliures

Me André DESVOUGES, Commissaire-Priseur

M. A. DUREL, Libraire-Expert

10. BANVILLE. — LES PRINCESSES
290 × 200

RENÉ KIEFFER

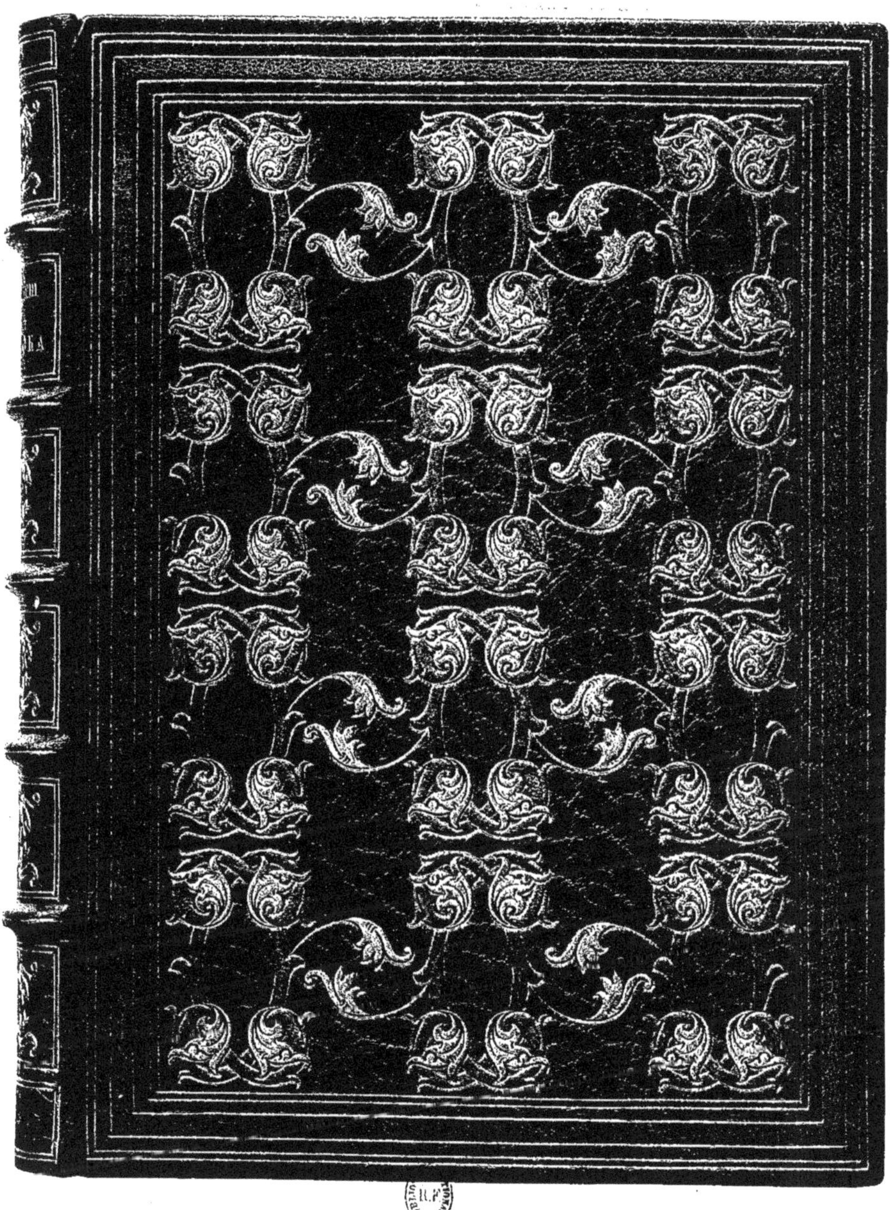

24. CH. DIEHL. — THÉODORA

235 × 178

RENÉ KIEFFER

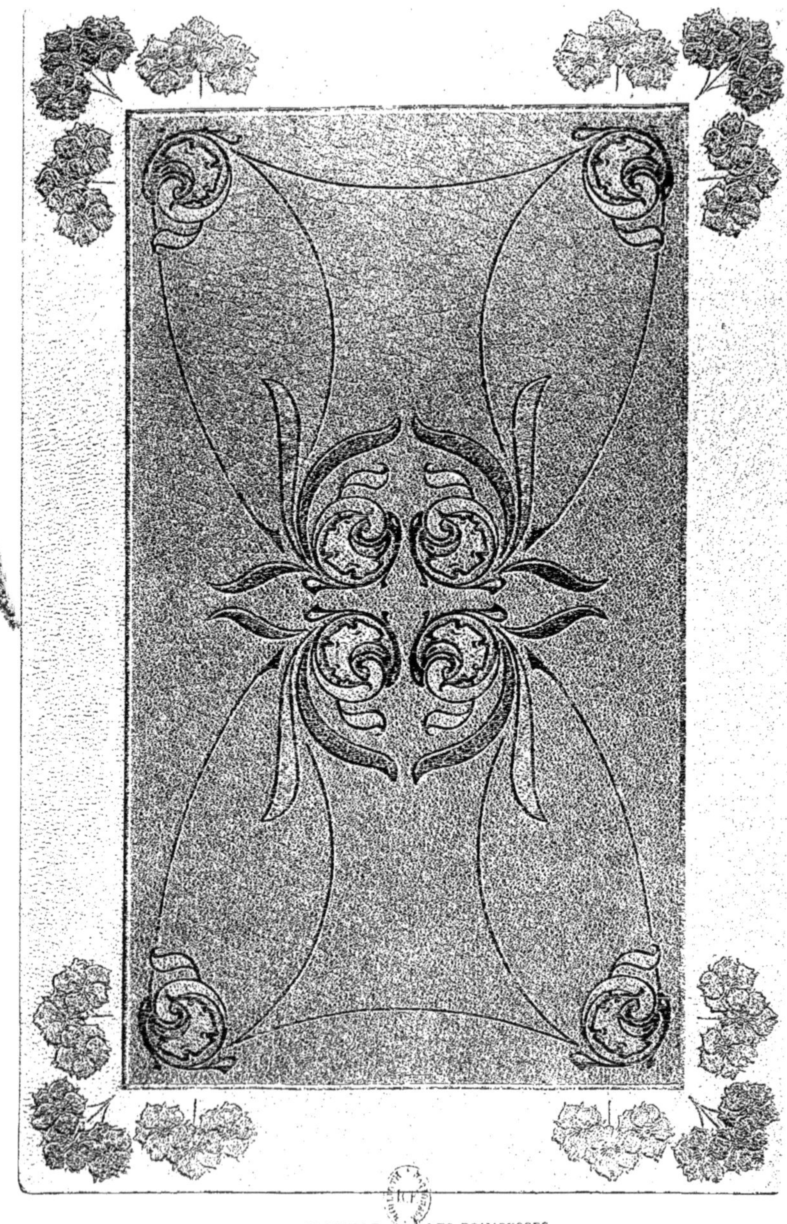

10. BANVILLE. — LES PRINCESSES

(Doublure)

290 × 188

CH. MEUNIER

18. — CHANSONS DE L'ANCIENNE FRANCE

355 × 259

29. FABRE. — L'ABBÉ TIGRANE

236 × 170

RENÉ KIEFFER

32. G. FLAUBERT. — Mme BOVARY

310 × 240

33. G. FLAUBERT. — UN CŒUR SIMPLE

(Doublure)

251 × 164

34. G. FLAUBERT. — HÉRODIAS

(Doublure)

248 × 160

35. G. FLAUBERT. — LÉGENDE DE St JULIEN

(Doublure)

250 × 162

36. G. FLAUBERT. — SALAMMBÔ

(Doublure)

285 × 184

40. A. FRANCE. — LE LYS ROUGE.

(Doublure)

269 × 179

41. A. FRANCE. — MÉMOIRES D'UN VOLONTAIRE

244 × 170

48. A. FRANCE. — THAÏS

(Doublure)

209 × 177

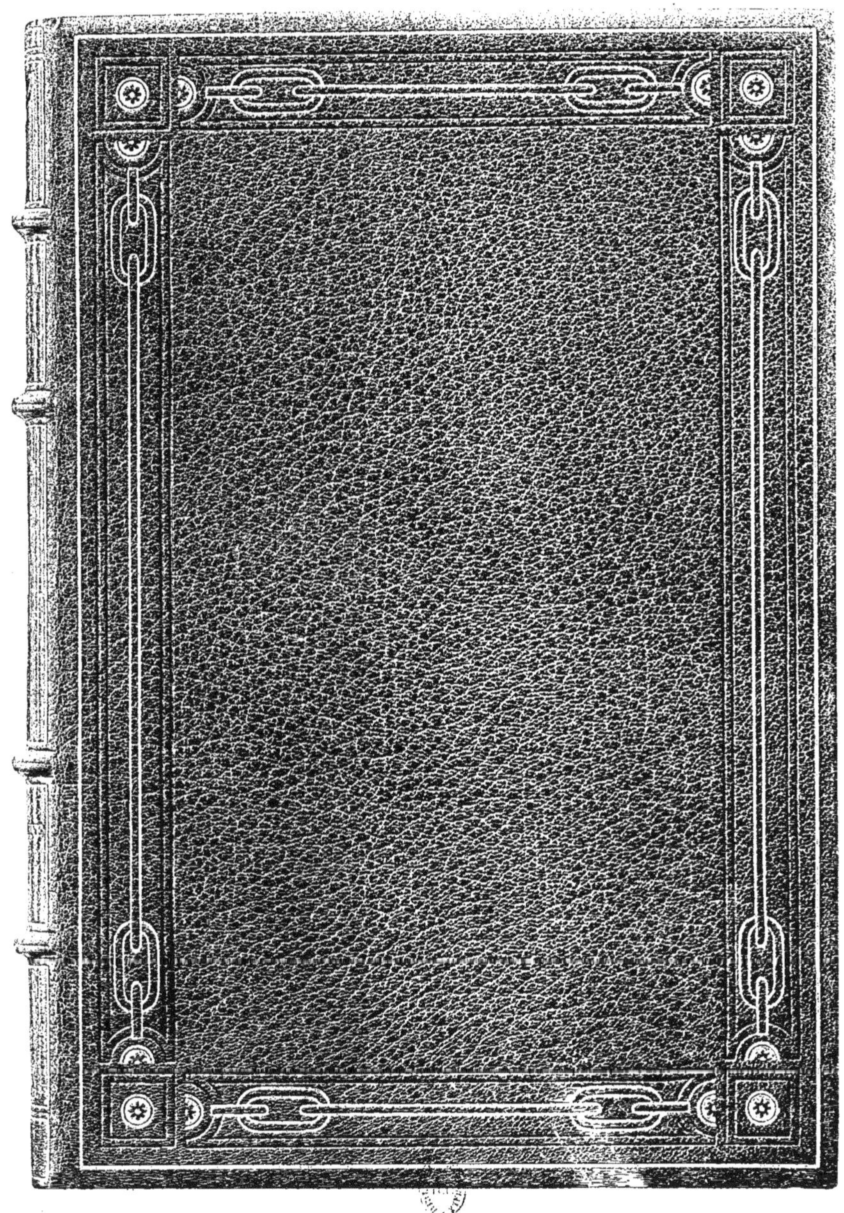

44. TH. GAUTIER. — LA CHAINE D'OR

283 × 190

52. GONCOURT. — LA FILLE ELISA

259 × 175

P. AFFOLTER

57. ABEL HERMANT. — CONFIDENCES

256 × 176

ZAEHNSDORF

58. PAUL HERVIEU. — FLIRT

331 × 271

RENÉ KIEFFER

61. V. HUGO. — N.-D. DE PARIS

(Doublure)

287 × 228

R. CHAMBOLLE-DURU

69. — VIE DE LAZARILLE DE TORMÈS

RENÉ KIEFFER

73. PIERRE LOUYS. — ROI PAUSOLE
294 × 228

80. MAUPASSANT. — BOULE DE SUIF

(Doublure)

255 × 164

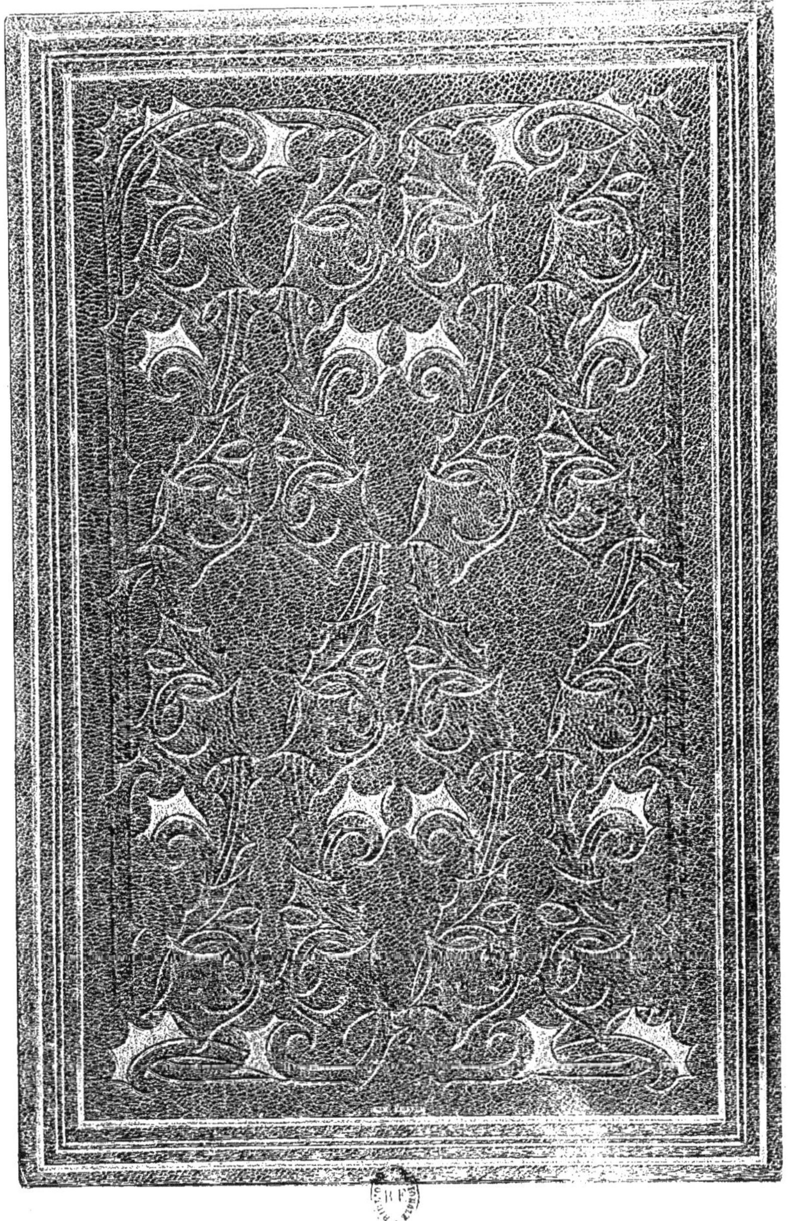

83. MAYNEVILLE. — LA JACQUERIE

(Doublure)

262 × 171

84. — MIRAGES
236 × 172

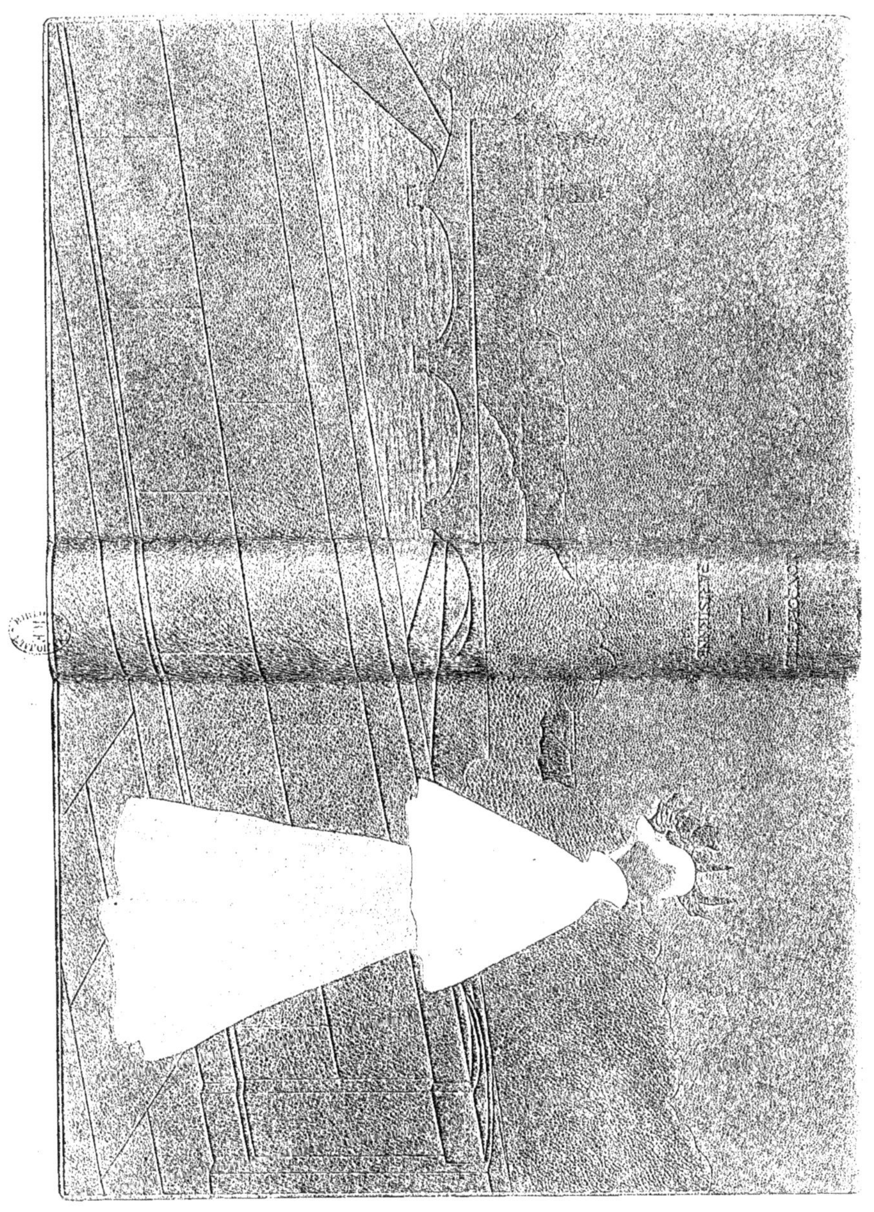

86. MONTORGUEIL. — LA PARISIENNE

203 × 385

89. A. MURGER. — VIE DE BOHÈME
272 × 200

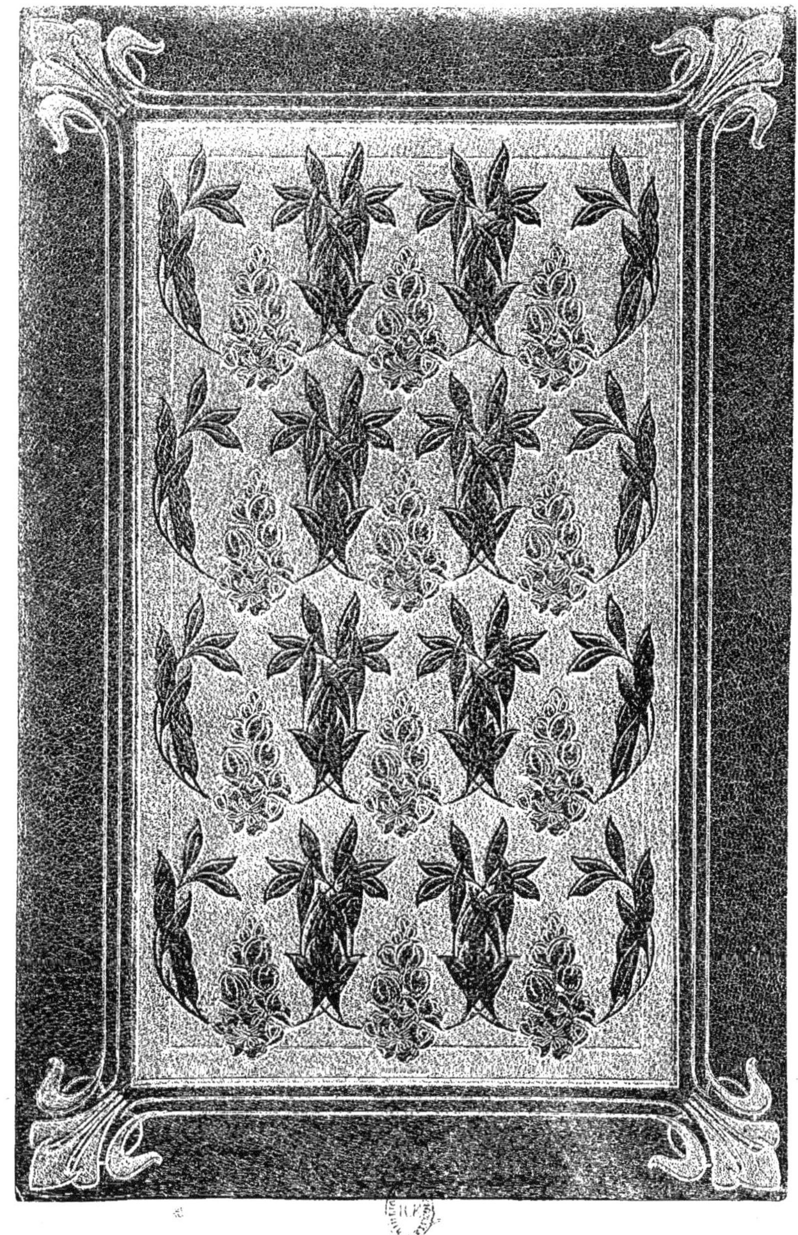

91. A. DE MUSSET. — NUITS ET SOUVENIR

(Doublure)

278 × 182

95. — LE PRINTEMPS DES CŒURS
232 × 175

96. RABELAIS. — ŒUVRES

(Doublure)

317 × 235

99. RENAN. — PRIÈRE SUR L'ACROPOLE
270 × 207

ALICE SHEPHERD

104. — RUBAIYAT OF OMAR KHAYYAM

213 × 151

RENÉ KIEFFER

108. THÉOCRITE. — LES SYRACUSAINES

279 × 192

109. — COMÉDIES DE L'AMOUR

(Doublure)

270 × 185

www.ingramcontent.com/pod-product-compliance
Ingram Content Group UK Ltd.
Pitfield, Milton Keynes, MK11 3LW, UK
UKHW022139190726
13855UKWH00003B/1234